# Joyeux Noël, Lapin grognon!

Texte de Justine Korman
Illustrations de Lucinda McQueen
Traduit de l'anglais par Louise Binette

*À tous les pères Noël de ce monde,*
*qui savent si bien répandre l'amour autour d'eux.*
*J.K.*

*Joyeux Noël, Marissa et Benjamin.*
*Avec toute mon affection.*
*Tante Lucy*

Traduction : **Louise Binette**

Imprimé au Canada

Dépôts légaux : 3e trimestre 2002
Bibliothèque nationale du Québec
Bibliothèque nationale du Canada

LES ÉDITIONS HÉRITAGE INC.
300, rue Arran
Saint-Lambert (Québec) J4R 1K5
Téléphone : (514) 875-0327
Télécopieur : (450) 672-5448
Courriel : info@editionsheritage.com

Noël approche à grands pas ! À l'école des lapins de Pâques, tout le monde déborde de joie, sauf Lapin grognon. En fait, jamais il ne s'est senti aussi grincheux.

Lapin grognon en a assez de faire des emplettes. Il a mal aux pattes. Après avoir acheté autant de cadeaux, il n'a plus d'argent pour s'offrir l'appareil de massage dont il avait envie.

« On ne me donne jamais ce que je veux vraiment, marmonne-t-il. Je ne reçois que des chandails ou des chaussettes qui piquent. »

Et si on lui demande encore pourquoi il n'a pas l'esprit à la fête, il va hurler !

Soudain, Elsa entre dans la pièce. La jolie professeure de musique est bien excitée.

« Devine qui fera la mère Noël au centre commercial ! Moi ! dit-elle. On cherche toujours un lapin pour faire le père Noël. Si le directeur du centre commercial n'en trouve pas un bientôt, il devra annuler l'événement. »

Lapin grognon sait très bien où Elsa veut en venir. Et ça ne lui plaît pas du tout. «Tu veux que *je* fasse le père Noël pour une bande de lapereaux pleurnichards dans un centre commercial bondé?» demande-t-il.

Elsa sourit. Lapin grognon se laisse attendrir. Il ne peut rien refuser à Elsa !

« Nous commençons à 9 heures la veille de Noël. Le directeur te remettra ton costume de père Noël. Merci beaucoup », dit Elsa d'une voix douce.

La veille de Noël, Lapin grognon enfile tant bien que mal le costume de père Noël. Elsa est mignonne en mère Noël. Tous les deux suivent le directeur qui leur explique ce qu'ils devront faire.

«Vous n'avez qu'à prendre les lapereaux sur vos genoux, un à la fois, à écouter ce qu'ils désirent pour Noël, à faire ho! ho! ho! et à passer au suivant, dit le directeur. Des questions?»

Lapin grognon secoue la tête.

Il reste quelques minutes avant l'ouverture du centre commercial.
Elsa en profite pour raconter à quel point, petite, elle aimait le père Noël.

« Durant toute l'année, je m'efforçais d'être sage. Je faisais mes devoirs, le ménage et mes exercices au piano. Mais personne ne semblait le remarquer, sauf le père Noël. »

« J'attendais Noël avec impatience. Chaque année, le père Noël m'apportait un cadeau merveilleux, se souvient Elsa. Je l'imaginais avec son costume rouge, si joyeux et si gentil. »

Tout à coup, Lapin grognon est fier de porter son costume rouge. Il est bien déterminé à être le meilleur père Noël qui soit!

Les portes s'ouvrent et les lapereaux se précipitent vers Lapin grognon.

Ils poussent des cris de plaisir en l'apercevant. Lapin grognon fait ho ! ho ! ho ! Ce n'est pas si mal. C'est même amusant !

Lapin grognon a retrouvé sa bonne humeur. Il a envie de célébrer Noël ! Il déborde d'amour et de joie !

Mais peu à peu, Lapin grognon sent la fatigue le gagner. Il a mal à la tête. Il découvre que ce n'est pas de tout repos d'être le père Noël.

Un lapereau tire la barbe de Lapin grognon et s'écrie : « Tu n'es pas le vrai père Noël ! »

Les plus jeunes ont peur de lui. Ils hurlent à lui en casser les oreilles !

D'autres ne savent pas quoi demander. Lapin grognon essaie d'être patient.

«Quel ho! ho! ho! lamentable!» dit un visiteur. «Je préférais le père Noël de l'an dernier», dit un autre. Lapin grognon soupire.

Certains sont turbulents, comme les jumeaux qui veulent avoir un trampoline.

D’autres sont de vrais garnements. En tentant de régler une dispute, Lapin grognon reçoit un coup sur le nez!

«Aïe! Aïe! Aïe!» gémit-il.

«Ho! ho! ho!» le corrige le directeur.

Malgré tout, Lapin grognon s'efforce de ressembler au père Noël qu'imaginait Elsa. Il lance des ho ! ho ! ho ! enjoués et il a un mot aimable pour chaque lapereau, même celui qui lui éternue à la figure.

Cette longue journée tire à sa fin. Lapin grognon se traîne péniblement jusque chez lui. Une fois devant sa coquette maison, il constate qu'il a toujours son costume.

« Nom d'une carotte ! dit Lapin grognon. Je devrai le rendre sans faute au directeur. »

Il aperçoit alors sur le pas de la porte un cadeau enveloppé de papier brillant. Mais qu'est-ce ça peut bien être ?

Il lit l'étiquette : *Au père Noël, du père Noël.* Lapin grognon lève les yeux. Pendant un instant, il croit voir un traîneau dans le ciel ! Mais quand il frotte ses yeux fatigués, la vision disparaît.

*C'est peut-être un cadeau d'Elsa*, pense-t-il.

Lapin grognon entre vite chez lui et ouvre la boîte. Il y trouve... un appareil de massage ! C'est merveilleux ! Pour une fois, Lapin grognon a reçu exactement ce qu'il voulait.

Mais ce n'est pas vraiment l'appareil de massage qui rend Lapin grognon si heureux. C'est plutôt le sentiment d'avoir bien travaillé, comme le disait Elsa. Quelqu'un a voulu le féliciter pour ses efforts en lui offrant le cadeau parfait.

Lapin grognon glisse ses pattes fatiguées dans l'appareil de massage en soupirant de plaisir. Maintenant, il a bien hâte à Noël pour offrir des cadeaux à tous ceux qu'il aime. À cette pensée, il laisse échapper un ho! ho! ho! qui fait trembler son petit ventre.

*Pas besoin d'une barbe ou de huit rennes gracieux*
*pour répandre la joie et faire des heureux.*
*Ce qui compte vraiment, c'est l'amour*
*qu'on donne à Noël et chaque jour!*